Cá bhfuil tú, a Phádraig?

Lára Nic Oireachtaigh

do m' aintín agus do mo mhamaí

Gabhaim buíochas speisialta le mo theagascóirí uile sa choláiste, le mo mhuintir agus go mór mór le Pádraig ó Scoil Éanna san Uaimh.

© Foras na Gaeilge, 2009

ISBN 978-1-85791-748-2

Ealaín, Dearadh agus Leagan amach: Lára Nic Oireachtaigh

Cahill Printers Teo. a chlóbhuail in Éirinn

Le fáil ar an bpost uathu seo:

An Siopa Leabhar		Cultúrlann Mac Adam-Ó Fiaich,
6 Sráid Fhearchair	*nó*	216 Bóthar na bhFál,
Baile Átha Cliath 2		Béal Feirste BT12 6AH.
ansiopaleabhar@eircom.net		*leabhair@an4poili.com*

Orduithe ó leabhardhíoltóirí chuig:

Áis
31 Sráid na bhFíníní
Baile Átha Cliath 2
eolas@forasnagaeilge.ie

An Gúm, 24-27 Sráid Fhreidric Thuaidh, Baile Átha Cliath 1.

Cá bhfuil tú, a Phádraig?

Lára Nic Oireachtaigh

G AN GÚM
Baile Átha Cliath

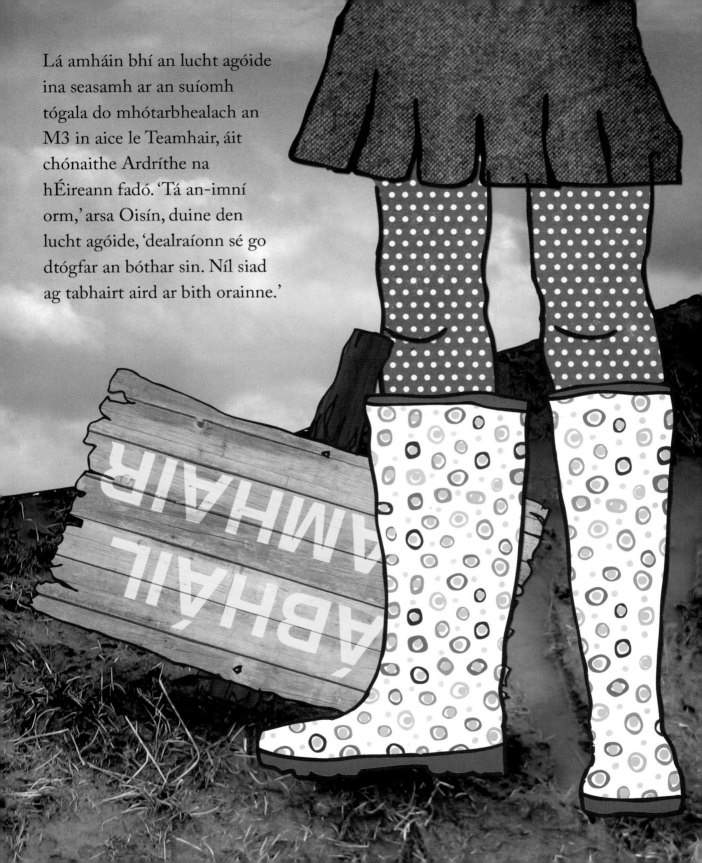

Lá amháin bhí an lucht agóide ina seasamh ar an suíomh tógala do mhótarbhealach an M3 in aice le Teamhair, áit chónaithe Ardríthe na hÉireann fadó. 'Tá an-imní orm,' arsa Oisín, duine den lucht agóide, 'dealraíonn sé go dtógfar an bóthar sin. Níl siad ag tabhairt aird ar bith orainne.'

D'fhill siad ar a gcampa ag bun an chnoic níos déanaí an tráthnóna céanna. Shuigh siad timpeall na tine agus thosaigh siad ag comhrá faoi laochra na staire agus faoin mbaint a bhí ag Naomh Pádraig leis an áit. 'Meas tú,' arsa Oisín ar ball, 'céard a dhéanfadh Pádraig i gcás mar seo?'

Thosaigh Oisín ag insint scéal Naomh Pádraig don ghrúpa ar fad. D'inis sé dóibh faoin gcaoi a ruaig sé na nathracha nimhe as an tír, faoin gcaoi a las sé tine na Cásca ar Chnoc Shláine agus faoin mbealach a d'úsáid sé an tseamróg chun an Tríonóid a mhíniú.

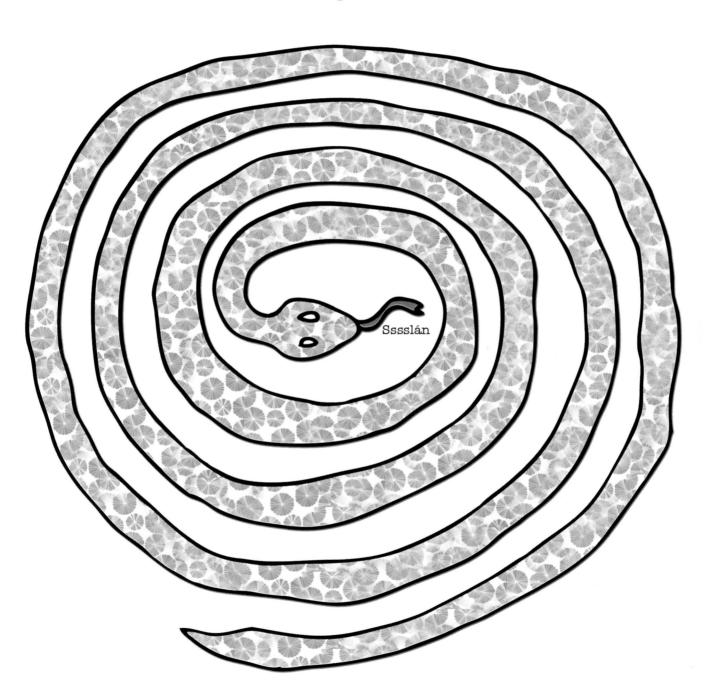

An oíche sin bhí brionglóid ag Aoife, duine de na cailíní sa ghrúpa agóide. Casadh Pádraig uirthi sa bhrionglóid. D'inis sí dó faoin mótarbhealach nua. D'éist sé agus dúirt sé go mbeadh sé sásta cabhrú leo.

Éirígí

Éirígí

Go moch an mhaidin dár gcionn
dhúisigh Aoife nuair a thosaigh
an coileach áitiúil ag glaoch.

Chuaigh sí amach chun cipiní a
bhailiú i gcomhair na tine. Agus
í ag bailiú na gcipíní, thug sí rud
éigin aisteach faoi deara.

Nuair a bhreathnaigh sí roimpi chonaic sí rud éigin ag glioscarnach píosa maith uaithi, ar nós mar a bheadh tine ar lasadh ar Chnoc Shláine, an cnoc ar las Naomh Pádraig tine na Cásca air breis agus míle go leith bliain ó shin.

Ar ais léi go dtí an campa chun an scéal a insint don dream eile.
Rith sí anonn go dtí puball Oisín agus Naoise, a deartháireacha.
'A Oisín! A Naoise!' ar sise. 'Ní chreidfidh sibh céard atá díreach
feicthe agam.' 'Céard é?' arsa Oisín go codlatach.

Bhí roinnt daoine eile ina suí faoin am sin.
Anall leo go dtí puball Oisín agus d'éist siad le
scéal Aoife. 'Tagaigí go tapa agus breathnaígí
Cnoc Shláine!' ar sise.

Nuair a shroich siad barr an chnoic bhreathnaigh siad timpeall ach ní fhaca siad rud ar bith. 'Bhí tine anseo cúpla nóiméad ó shin,' arsa Aoife. 'Ní fheicimse rud ar bith,' arsa Naoise. Bhreathnaigh Aoife timpeall agus náire uirthi. Thosaigh an grúpa ag cur na gcéadta ceist uirthi faoina raibh feicthe aici.

... níl a fhios agam!

D'fhill siad ar an gcampa. 'Caithfidh go bhfuil an-tuirse ort, a Aoife,' arsa Naoise. 'Téigh a chodladh ar feadh tamaill.' Bhí a fhios ag Aoife go maith nár chreid siad í ach bhí sí cinnte go bhfaca sí tine ar bharr an chnoic.

Nach gceapann tú go bhfuil sé seo an-aisteach?

Cén fáth nach bhfuil an tine fós beo?

An bhfuil tú cinnte go bhfaca tú tine?

An bhfaca tú an tine seo riamh cheana?

Céard a bhí tú a dhéanamh nuair a chonaic tú é?

Cén áit ar Chnoc Shláine a raibh sé?

An raibh sé ag caitheamh éadaí uaine?

An raibh aon rud eile ann?

Céard a bhí sé a chaitheamh?

An bhfuil tú codlatach?

Cén t-am ar tharla sé seo?

Cén chuma a bhí air?

An raibh tú ag obair ró-dhian?

Cén fáth ar las Naomh Pádraig an tine?

Ní raibh ann ach brionglóid?

Nach bhfuil a fhios agat nach é Lá na nAmadán é go fóill?

An bhfaca aon duine eile é?

An raibh an tine mór?

Ní féidir gur Pádraig a bhí ann - nó an féidir?

B'fhéidir gur cheart duit spéaclaí a cheannach?

An é go bhfuil tú tuirseach?

An féidir gur ag brionglóideach a bhí tú?

Cén fáth nach bhfuil sí lasta a thuilleadh?

Nach bhfaca tú aon duine thuas ar an gcnoc?

Conas is féidir leat é seo go léir a mhíniú dom?

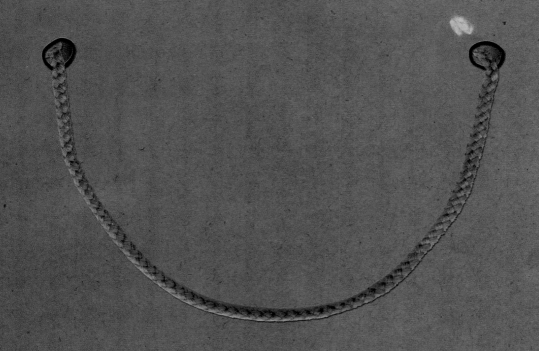

Níos déanaí an lá céanna, chuaigh Aoife ag
siopadóireacht do lucht an champa. Chuir sí
na málaí siopadóireachta sa veain champála.

baile Shláine

Rith smaoineamh le hAoife. Thiomáin sí i dtreo Chnoc Shláine. Bhí sí cinnte fós go bhfaca sí tine lasta ann.

Nuair a shroich sí Baile Shláine rinne sí a bealach
suas go dtí mullach an chnoic. Thosaigh sé ag
báisteach go trom agus ní raibh mórán le feiceáil.

Thosaigh a cuid buataisí rubair ag sleamhnú
sa phuiteach. Ghlan sí an bháisteach dá
súile agus ar aghaidh léi.

Agus í gar don mhullach chonaic sí go raibh fear ansin ag fanacht léi. Bhí maide mór fada aige agus hata biorach ar a cheann. De réir mar a dhruid sí níos gaire dó d'aithin sí cé a bhí ann, 'A Phádraig Naofa', ar sise, 'bhí a fhios agam go dtiocfá i gcabhair orainn.'

Ar ais leis an mbeirt acu go dtí Teamhair sa veain champála.
Bhí fadhb ag Pádraig nuair nach rachadh a bhachall isteach sa
veain. Ar deireadh b'éigean dóibh an díon gréine a scaoileadh
siar píosa agus ligean don bhachall gobadh aníos tríd.

Nuair a shroich siad an campa tháinig Oisín agus Naoise amach chun casadh leo. Bhí siad sin ag éirí imníoch faoi Aoife de bharr go raibh sí chomh fada sin imithe. Chuir Aoife Naomh Pádraig in aithne dóibh agus mhínigh sí dóibh go gcabhródh sé leo. 'Tá sé dochreidte go mbeifeása anseo, a Naoimh Phádraig', arsa Naoise. 'Níor chreideamar scéal Aoife faoin tine ar Chnoc Shláine in aon chor.'

Fuair siad mapa agus thaispeáin siad cúrsa an bhóthair nua do Naomh Pádraig.

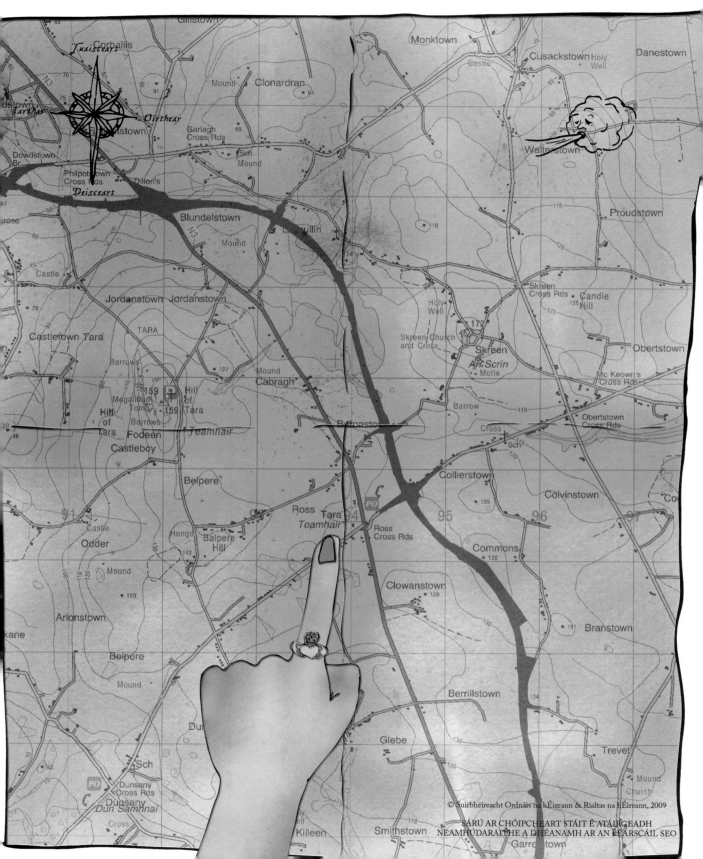

Réitigh an grúpa plean don chéad lá eile. Chuir
siad a gcuid ainmneacha i hata chun na jabanna a
dháileadh amach. Bhí Aoife ag súil go bpiocfaí ise
chun a bheith ar shuíomh an mhótarbhealaigh.
Bhí áthas an domhain uirthi nuair a fuair sí an jab.

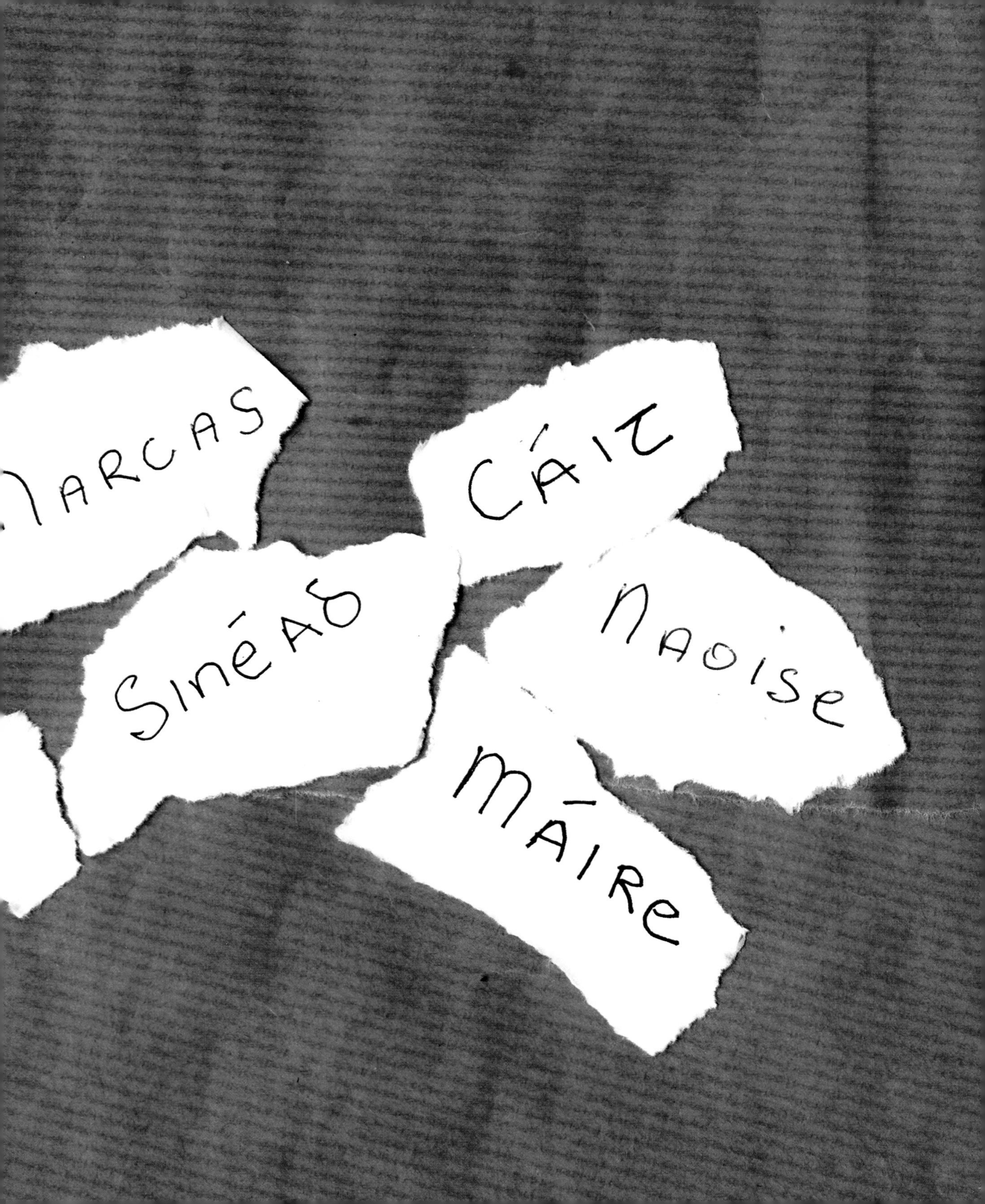

Marcas

Cáit

Sinéad

Naoise

Máire

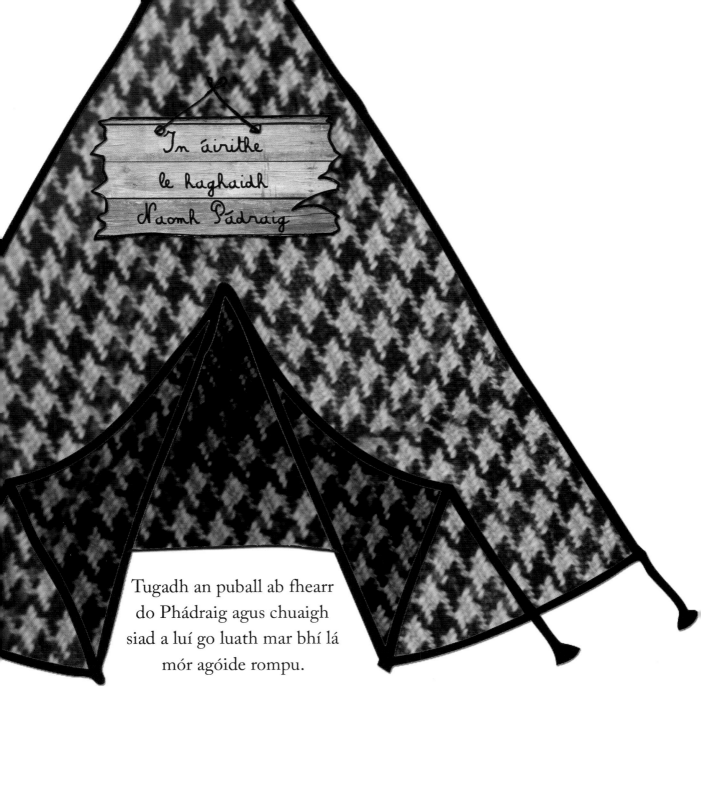

In áirithe
le haghaidh
Naomh Pádraig

Tugadh an puball ab fhearr
do Phádraig agus chuaigh
siad a luí go luath mar bhí lá
mór agóide rompu.

Bhí faoiseamh ar Aoife mar
bhí a fhios aici anois go
gcabhródh Pádraig leo.

D'éirigh Aoife roimh bhreacadh an lae agus chuaigh sí ag bailiú cipíní don tine. Agus í ag siúl thar phuball Phádraig, thug sí faoi deara go raibh an doras ar oscailt ... ach nach raibh sé féin ann! Thosaigh sí ag siúl suas an cnoc, trí na driseacha, féachaint an raibh Naomh Pádraig thuas ar bharr an chnoic.

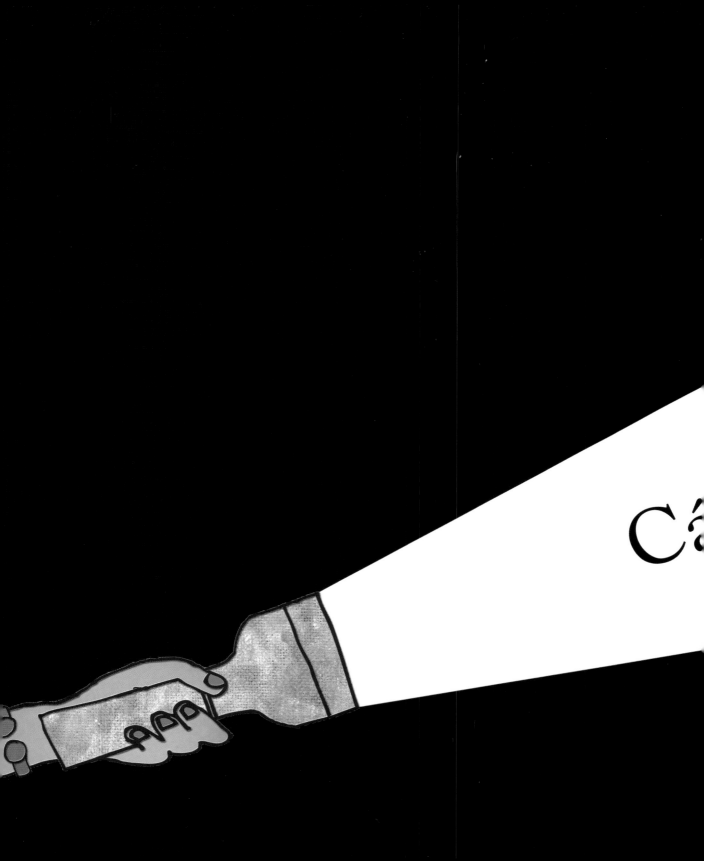

bhfuil tú, a Phádraig?

Tháinig sí air sa deireadh san eaglais ar bharr an chnoic san áit inar chaith sé a chuid ama breis is 1500 bliain roimhe sin. 'Céard atá tú a dhéanamh thuas anseo?' ar sise. 'Shíl mé go raibh tú tar éis muid a thréigean!'

'Bhíos ag smaoineamh ar na seanlaethanta,' ar seisean. 'Féach é seo.' Thaispeáin sé di an áit ina raibh sé ina phríosúnach ag Ardrí na hÉireann mar gur las sé tine na Cásca ar Chnoc Shláine.

'Céard a tharla an t-am sin, ar aon nós?' arsa Aoife. Lig Pádraig osna. 'Suigh síos in aice liom agus inseoidh mé an scéal ar fad duit.'

'Sá Bhreatain a rugadh mé, agus bhí saol an-sona agam agus mé óg. Ach nuair a bhí mé sé bliana déag d'aois d'áthraigh mo shaol ar fad. D'fhuadaigh na Gaeil mé agus tugadh go hÉirinn mé, áit ar chaith mé sé bliana i mo sclábhaí.'

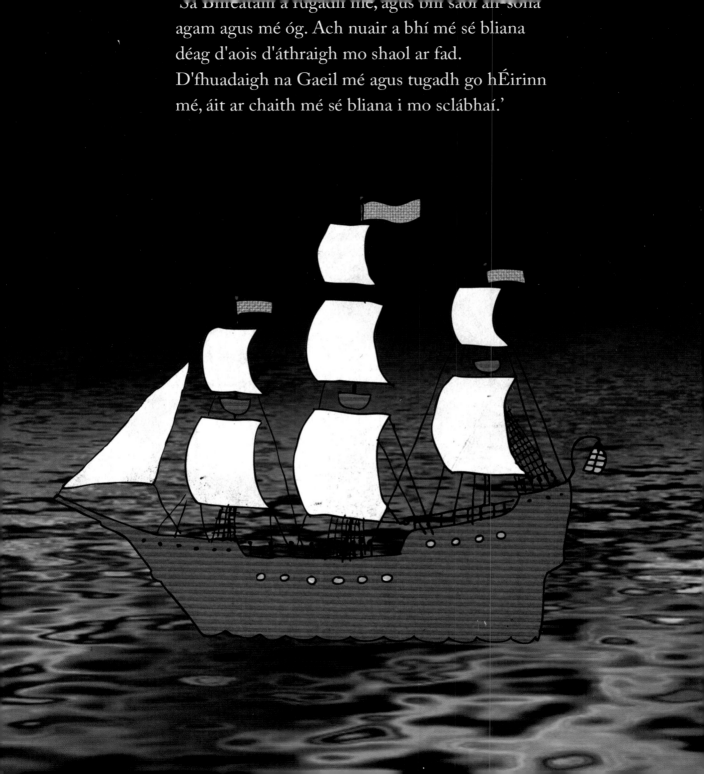

'Aoire caorach a bhí ionam, ar Shliabh Mis i gContae Aontroma.
Bhí mé uaigneach mar bhí mé liom féin – ní raibh le feiceáil agam
ach na caoirigh. Ach ba nós nós liom roinnt ama a chaitheamh ag
caint le Dia gach lá leis an uaigneas a mhaolú. De réir a chéile
d'aithin mé gurb é Íosa Críost an cara ab fhearr a bhí agam.'

Bhí Aoife ag éisteacht go cúramach mar bhí a fhios aici go raibh an t-ádh dearg uirthi deis a fháil éisteacht le Pádraig agus é ag insint a scéil féin di.

'Chaith mé sé bliana ar an sliabh, agus oíche amháin bhí brionglóid agam. Bhí Dia sa bhrionglóid. Dúirt sé go raibh sé in am dom Éire a fhágáil. Bhraith mé go rabhthas do mo scaoileadh saor!'

'An lá dár gcionn d'éirigh mé go moch agus shiúil mé
dhá chéad míle, síos go dtí Contae Loch Garman,
thart ar Ros Láir. Chuaigh mé ar ais go dtí an
Bhreatain i mbád. Bhí áthas an domhain orm a bheith
saor agus a bheith ar ais sa bhaile le mo mhuintir.
Thosaigh mé ag staidéar chun a bheith i mo shagart.'

'Bhí brionglóid eile agam ar ball. Sa bhrionglóid sin bhí
na hÉireannaigh ag iarraidh orm filleadh ar Éirinn mar
bhí siad bréan den phágántacht. D'fhill mé ar Éirinn
agus thug mé an dea-scéala dóibh faoi Íosa Críost.'

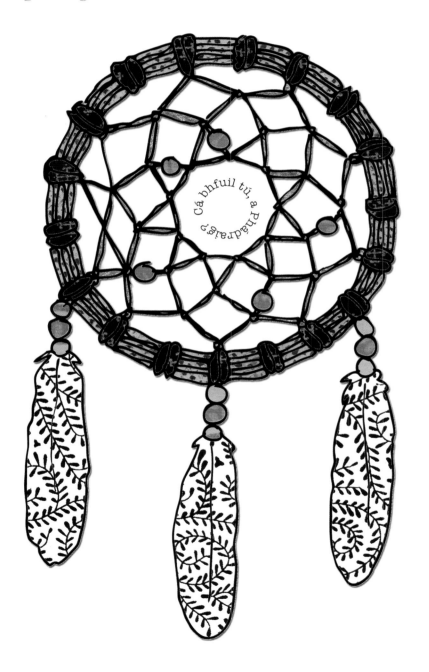

Cá bhfuil tú, a Phádraig?

'Cén fáth a raibh tú i dTeamhair na blianta ó shin', arsa
Aoife. 'Bhí an-chion agam ar na hÉireannaigh agus níor
mhaith liom iad a bheith ina bpágánaigh. Bhí dornán
beag Críostaithe in Éirinn ag an am, ach bhí a lán daoine
ina gcoinne. Bhí a lán daoine i mo choinnese freisin, go
mór mór na draoithe págánacha.'

'Is i dTeamhair a bhí ardríthe na hÉireann ina gcónaí ag an am. I ndiaidh na Cásca gach bliain, i dtús an tsamhraidh, lasaidís tíne chnámh ar an gcnoc ansin. Ní raibh cead ag aon duine tine a lasadh go dtí go lasadh an tArdrí an tine mhór sin. Ach las mise tine na Cásca ar Chnoc Shláine agus bhí an tArdrí ar buile nuair a chonaic sé í. Tháinig na saighdiúirí fad le Cnoc Shláine chun an tine a mhúchadh agus mise a ghabháil. Nuair a shroich siad an cnoc ní raibh siad in ann an tine a mhúchadh. D'éirigh liom féin agus na cairde a bhí in éineacht liom éalú - chuireamar seithí fianna orainn agus níor aithníodh muid.'

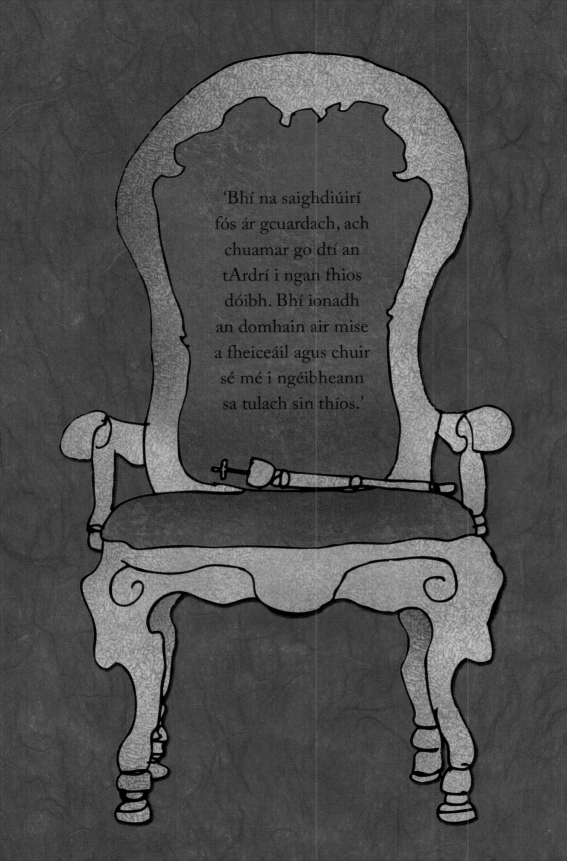

'Bhí na saighdiúirí
fós ár gcuardach, ach
chuamar go dtí an
tArdrí i ngan fhios
dóibh. Bhí ionadh
an domhain air mise
a fheiceáil agus chuir
sé mé i ngéibheann
sa tulach sin thíos.'

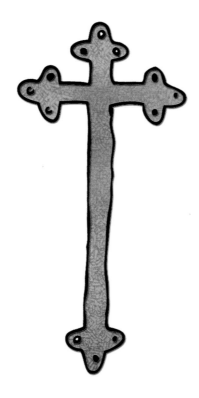

'Nuair a lig sé saor mé cuireadh comórtas ar bun idir na draoithe i dTeamhair agus mé féin. Bhuaigh mise glan orthu. Bhí cuid mhór de na daoine a bhí ag obair i gcúirt an rí ag cur spéise ionam. Buíochas le Dia bhí suim acu sa Chríostaíocht freisin, agus ba shár-Chriostaithe iad sula i bhfad. Níor iompaigh an tArdrí ina Chríostaí ach thug sé cead dom scéal Íosa Críost a mhúineadh ar fud na tíre.'

Shiúil Aoife agus Pádraig síos go bun an chnoic agus bhuail siad leis na daoine eile sa ghrúpa. Shiúil siad ar fad go dtí suíomh an mhótarbhealaigh nua. Thosaigh daoine ag stánadh nuair a chonaic siad cé a bhí in éineacht leis an lucht agóide. Níor chreid siad gur Naomh Pádraig a bhí ann. Shiúil Aoife síos an cnoc agus straois uirthi. Bród a bhí uirthi anois mar gurbh ise a bhí tar éis tabhairt ar Phádraig cabhrú leo.

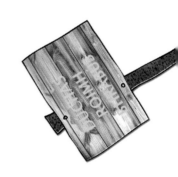

Chroith siad a gcuid bratacha agus
fógraí os comhair an tráchta a bhí
ag dul thar bráid. Mháirseáil siad
timpeall i gciorcal.

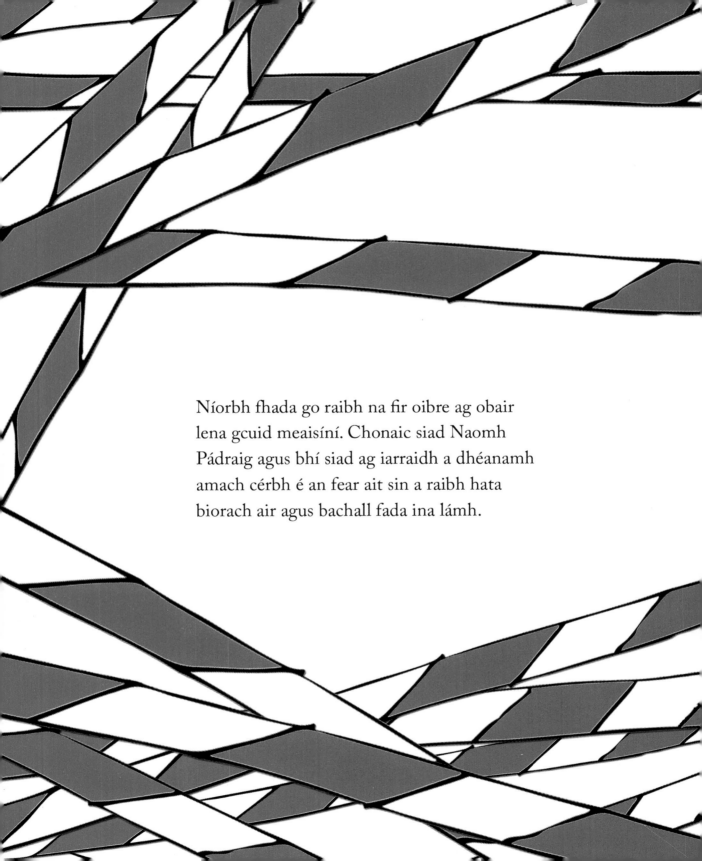

Níorbh fhada go raibh na fir oibre ag obair lena gcuid meaisíní. Chonaic siad Naomh Pádraig agus bhí siad ag iarraidh a dhéanamh amach cérbh é an fear ait sin a raibh hata biorach air agus bachall fada ina lámh.

Shiúil Pádraig leis agus labhair sé le fear a bhí ag caitheamh seaicéad buí. Chuir sé roinnt ceisteanna ar an bhfear faoin mbóthar nua.

Thug an fear oibre a thaobh siúd den scéal dó. 'Táimidne fostaithe ag an rialtas chun an M3 a thógáil. Cuirfidh an bóthar nua seo an-fheabhas ar chúrsaí sábháilteachta. Bhíomar an-chúramach go dtí seo agus is bóthar ar ardchaighdéan a bheidh ann. Nílimid ag iarraidh Teamhair a scriosadh ar chor ar bith.'

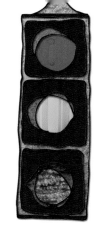

'Táimidne ag tnúth leis an mbóthar nua seo,'
a deir duine acu leis. 'Ní bheidh an oiread
tráchta ar an mbóthar amach anseo agus ní
thógfaidh sé an fad céanna orainn an turas go
Báile Átha Cliath a dhéanamh. Tá an trácht
ar an mbóthar seo i bhfad róthrom faoi
láthair. Cuirfidh an bóthar nua an-fheabhas ar
shaol mhuintir na háite.'

Chuaigh Pádraig agus an lucht agóide go dtí óstán áitiúil.
Shocraigh an lucht agóide ar lón a cheannach dá gcuairteoir fíorspeisialta.

Bhain siad díobh a
mbuataisí brocacha
agus shuigh siad
chun boird. Bhí béile
breá blasta acu.

Bhí sceitimíní áthais ar úinéir
an óstáin nuair a casadh
Naomh Pádraig air. Bhácáil
sé milseog speisialta dó.

Aoi

Dáta	Ainm	Seoladh
		Meiriceá
12 Márta	Sinéad Ní Raghallaigh	Baile Átha Troim
13/3	Peadar Ó Mathúna	Baile Átha an Rí
13. 3.	Áine Ní Sheaghdha	Dún na nGall
13/3	Séamus Ó Ciaráin	Gaillimh
13 Márta	Siobhán Ní Bhriain	Scrín
	Máire Nic Pharthaláin	Co na Mí
13 - 3		
14 Márta	Aoife Ní Bhrádaigh	An Mhí
14/3	Oisín Mac Brádaigh	An Uaimh
14/3	Naoise Mac Brádaigh	An Bhreatain
14/3	Naomh Pádraig	

cras, Teamhair, Co na Mí

Bia Álainn

go hiontach

go hiontach ___ad .

BIA ÁLAINN

Árt iontac___

Dáta   Ainm

Ní raibh focal as Pádraig ar an tslí ar ais go dtí
an campa, ach é ag smaoineamh ar a raibh
ráite ag na fir oibre agus ag muintir na háite
leis. Shiúil sé suas an cnoc, shuigh sé síos faoi
bhun crainn agus thosaigh sé ag smaoineamh
arís ar an mótarbhealach nua. D'fhan sé ansin
go dtí titim na hóiche. Chuaigh sé a luí go
luath an oíche sin agus é tuirseach traochta ag
imeachtaí an lae.

D'éirigh sé go luath an mhaidin dár gcionn. Chruinnigh sé an grúpa le chéile agus dúirt sé leo go raibh rud éigin an-tábhachtach le rá aige leo.

'Úsáidfidh mé an tseamróg seo arís chun rud éigin a mhíniú daoibh go léir. D'úsáid mé an planda céanna breis is 1500 bliain ó shin chun an Trionóid Naofa a mhíniú do na págánaigh. Bíonn an saol ag dul ar aghaidh i gcónaí; caithfidh dul chun cinn a bheith ann. Cabhróidh an bóthar nua seo le go leor daoine. Caithfidh na trí ghrúpa - muintir na háite, an lucht agóide agus an rialtas - caithfidh sibh teacht le chéile agus a bheith aontaithe faoin dul chun cinn atá romhaibh. Is mar sin atá an tseamróg.'

Chuir caint Phádraig an lucht agóide ag smaoineamh go domhain. Níor chuir Pádraig isteach orthu.

Tar éis cúpla nóiméad ciúnais labhair Aoife. 'Aontaím le Pádraig,' ar sise. 'Caithfear comhréiteach a fháil.' Bhreathnaigh sí ar a beirt deartháireacha. D'aontaigh siad léi. Duine ar dhuine, d'aithin gach duine go raibh an ceart ag Pádraig.

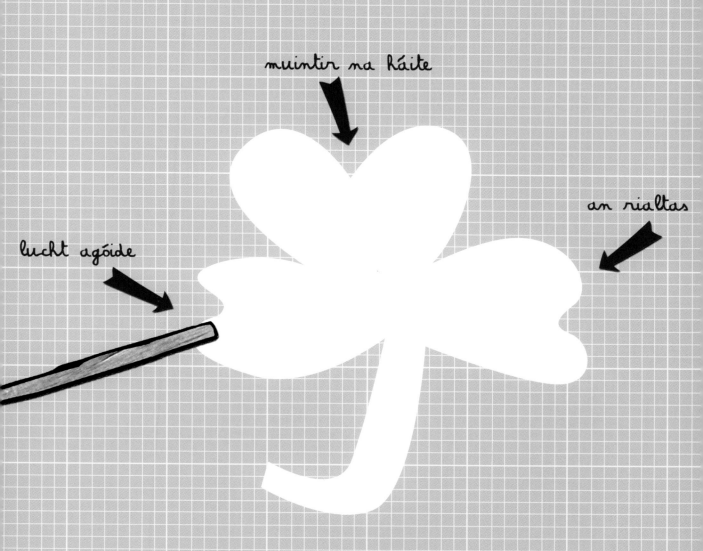

muintir na háite

an rialtas

lucht agóide

Is fada an bóthar nach mbíonn casadh ann.

Cúpla lá ina dhiaidh sin bhí litir sa phost d'Aoife.

18ú Márta 2009

A Aoife dhil agus a lucht agóide go léir,

Tá brón orm go raibh orm sibh a fhágáil chomh tapa sin gan slán a rá libh. Bhí a fhios agam go raibh mo chuid oibre déanta agus go raibh sé in am dom imeacht.

Ádh mór oraibh,
Pádraig.

An Ghluais

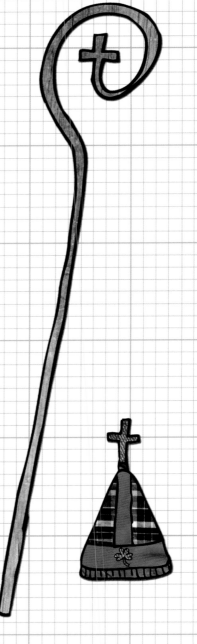

Gaeilge	Béarla
Ag glioscarnach	Shining
Aoi	Guest
Aoire caorach	Shepherd
Bachall	Crozier
Breacadh an lae	Daybreak
Cipíní	Sticks
Comhréiteach	Compromise
Draoithe	Druids
Driseacha	Briars
Faoiseamh	Relief
Gabháil	Arrest
Grúpa agóide	Protest group
Hata biorach	High-peaked hat
Milseog	Dessert
Mótarbhealach	Motorway
Mullach	Summit
Págántacht	Paganism
Puball	Tent
Seithí fianna	Deer-hides
Tine na Cásca	Paschal fire
Trácht	Traffic
Tréigean	Desertion
Uaigneas a mhaolú	To lessen the loneliness

Is fada an bóthar nach mbíonn casadh ann.
It is a long road that has no turning.

Mé féin, m'athair
agus Pádraig in 1988

Naomh Pádraig

Faoi Lára

Bhí Lára agus Naomh Pádraig cairdiúil i
bhfad roimh an scéal seo. Tógadh san Uaimh,
Co. na Mí í - thart ar 7 km ó Theamhair.

Tá an-spéis aici i Naomh Pádraig agus is minic
a bhíonn sí féin agus a madra, Sophie, ag siúl
ar Chnoc na Teamhrach.

Tá Lára (22) díreach tar éis céim a bhaint
amach sa Chumarsáid Físe ag an gColáiste
Náisiúnta Ealaíne agus Deartha (NCAD).

Is é *Cá bhfuil tú, a Phádraig?* a céad leabhar.

Tá tuilleadh eolais faoin údar le fáil ar
www.laurageraghty.com